EL BARCO  DE VAPOR

Marabato

Consuelo Armijo

Ilustraciones de Marta Balaguer

Primera edición: noviembre 2002
Segunda edición: diciembre 2003

Esta obra ha sido publicada con la ayuda
de la Dirección General del Libro, Archivos y Bibliotecas
del Ministerio de Educación, Cultura y Deporte.

Colección dirigida por Marinella Terzi

© del texto: Consuelo Armijo, 2002
© de las ilustraciones: Marta Balaguer, 2002
© Ediciones SM, 2002
   Impresores, 15 - Urbanización Prado del Espino
   28660 Boadilla del Monte (Madrid)

ISBN: 84-348-9141-7
Depósito legal: M-50585-2003
Preimpresión: Grafilia, SL
Impreso en España / *Printed in Spain*
Orymu, SA - Ruiz de Alda, 1 - Pinto (Madrid)

> No está permitida la reproducción total o parcial de este libro, ni
> su tratamiento informático, ni la transmisión de ninguna forma o
> por cualquier medio, ya sea electrónico, mecánico, por fotocopia,
> por registro u otros métodos, sin el permiso previo y por escrito
> de los titulares del *copyright*.

1 *Marabato, sus parientes y sus amigos*

¿HABÉIS oído hablar alguna vez de Marabato? ¡Seguro que no! El caso es que yo tampoco. Por eso, porque nadie lo hace, tengo ganas de hablar de él.

Marabato se pone a dar vueltas y más vueltas y revueltas, hasta que por fin se marea. Entonces se echa boca abajo, porque al fin y al cabo, piensa él, es una tontería dar vueltas y pasar siempre por los mismos sitios. Así que, cuando el mareo se le pasa, Marabato se pone a dar saltos y más saltos y, de tanto saltar, se cae en un tejado. Marabato baja por la chimenea y, de tanto bajar, se mete debajo de la tierra.

Marabato se pone a escarbar, y a escarbar, y a escarbar y, cuando sale, resulta que está en el fondo del mar.

Marabato sale a flote como si tuviera un resorte, y se pone a nadar, y a nadar, y a nadar. Y llega a un lugar donde hay muchas tortugas comiendo lechuga.

Marabato se pone a correr, y a correr, y a correr, ¡y por fin llega a su casa otra vez!

Marabato se pone a comer zapatos. Zapatos viejos y zapatos nuevos. Es su manjar preferido. Por eso, por las calles Marabato siempre anda robando zapatos. Algunas personas le dejan, otras se quejan porque luego tienen que volver a su casa a la pata coja.

Después de comer, Marabato se pone cabeza abajo y se echa una buena siesta.

Marabato tiene tres amigos: uno rojo, otro verde y otro amarillo. Un día Marabato se reúne con ellos cerca de un

charco que hay en un camino. ¡Ah!, los cuatro juegan revolcándose en la arena y se lo pasan muy divertido, sobre todo el Amarillo, que se ríe de lo lindo.

El Rojo, que es muy habilidoso, hace un lazo muy largo, lo tira y caza una nube blanca.

El Rojo, que también es revoltoso, pone la nube delante del sol y todo se oscurece.

El Rojo, que de vez en cuando es algo patoso, tira de la nube hasta que la rompe. Entonces se pone a llover y todos se van a casa del Verde, que ha hecho un gran merengue.

Nuestro Marabato come tanto que se mancha de merengue de arriba abajo.

Marabato también tiene una tía que es muy viejecilla.

Marabato un día lleva zapatos a su tía. A la tía le gustan sobre todo los zapatos de tacón alto, y el bueno de Marabato le ha llevado varios. La tía se los come todos de un bocado. Luego se encuentra mal y se tiene que purgar. Pero para entonces Marabato ya se ha ido, y está muy entretenido haciendo una torre de ladrillos.

2 El viento

—¡Iuuuu, iuuuu, iuuuu! –se oye.

Y no creáis que es un concierto, ¡qué va! Lo que pasa es que sopla el viento.

Marabato sale a la calle tan campante, pero, ¡ay!, se le olvida meterse un ladrillo en cada bolsillo. Y como Marabato pesa muy poco, pero que muy requetepoco, pero que muy requetepoquísimo, el viento se lo lleva lejos, pero que muy requetelejos, pero que muy requetelejísimos.

A Marabato el viento le pone boca

abajo y, a toda prisa, se lo lleva hacia arriba. Luego le vuelve a llevar hacia abajo, hacia adelante, hacia atrás y otra vez al mismo lugar.

Mientras, el Verde ha ido a recogerle, porque ha quedado con Marabato en jugar una partida de dados. El Verde se sorprende al no verle, y va a buscar a sus otros amigos para preguntarles si ellos por casualidad le han visto.

El Rojo, el Verde y el Amarillo se hallan reunidos. La cosa es de preocupar: Marabato no está en ningún lugar. Los tres están muy pensativos, sobre todo el Amarillo, que quiere a Marabato con delirio.

La señora Paca, que estaba asomada a la ventana, les dice que ha visto a Marabato volar por aquí y por allá.

—Pues, como por aquí no está, tendrá que estar por allá –piensan los tres a la vez.

—Pues hacia allá va el tren que hace *tacatá* –asegura el Amarillo muy convencido.

El Rojo, el Verde y el Amarillo corren a coger el tren de las cinco.

El Amarillo, el Verde y el Rojo vuelven en el tren de las ocho.

Se apean la mar de cabizbajos, porque no han encontrado a Marabato.

Mientras tanto, la tía, que es una despistada, no se ha enterado de nada y se lo está pasando fenomenal cosiendo un botón para un ojal.

—¡Mira que es divertido meter y sacar el hilo! –dice la tía la mar de entretenida.

En esto, ¡zas!, el viento abre la puerta de la calle.

—¡Qué frío! ¡Ah! Pero ¿eres tú, sobrino?

Arrastrado por el viento, Marabato ha entrado como un relámpago. Ya ha llegado a la cocina...: ¡tan fuerte el viento atiza! Choca contra la pared y tira una sartén.

—¿Vienes de visita? ¡Qué alegría! –exclama la tía y corre a cerrar con llave la puerta de la calle.

Marabato, ya recuperado del porrazo, va al cuarto de estar y, encima del sofá, ve tres taburetes: ¿no es sorprendente?

—¡Qué va! Es solo una decoración diferente –dice la tía, que para todo tiene salida.

Marabato se sube a un taburete, procurando no caerse. La tía se sube con mucho garbo en el taburete de al lado y empieza a criticar al vecino porque en vez de zapatos come bocadillos. Así, el

tiempo pasa y, cuando el viento se calma, Marabato se despide para irse a su casa.

Mientras, la señora Paca, que sigue asomada a la ventana, dice al Rojo, al Amarillo y al Verde que ha visto a Marabato volar hacia el este.

—Pues hacia el este está la casa de su tía –dicen los tres amigos llenos de regocijo.

Echan a correr y... ¡entonces sucede! ¡El Rojo, el Verde y el Amarillo encuentran a Marabato por el camino!

Los tres se alegran mucho de verle; sobre todo, el Verde, pues quiere a toda costa jugar una partida de dados con Marabato.

Todos le abrazan y luego el Verde se va con él a su casa.

3 *La partida*

El Verde va a casa de Marabato para jugar por fin la partida prometida.

Una partida de dados. Tira primero Marabato y saca un cuatro. Luego tira el Verde y su dado marca... ¡un siete! El Verde ha ganado.

Algo contrariado, Marabato vuelve a tirar y... ¡otra vez un cuatro! Y el Verde vuelve a sacar... ¡un siete!

Esto se repite hasta tres veces.

Marabato, ni una partida ha ganado. El pobre no sabe que su dado solo tiene cuatros, mientras que el del Verde solo tiene sietes.

Y os tengo que decir, aunque resulte feo, que es el Verde el que ha pintado esos dados. ¡Lo ha hecho a propósito! ¡El Verde es un tramposo!

Marabato está consternado. Nunca había perdido tantas veces seguidas. Debe al Verde un montón de zapatillas. Eso es lo que se han apostado. ¡Vaya fracaso!

El pobre Marabato se dirige a una profunda rendija donde tiene escondidas las zapatillas. Como son tantas, las tiene que coger con las dos manos, y vuelve así de cargado.

El Verde, que en el fondo no es malo, se arrepiente al verle. ¡No quiere las zapatillas! Marabato está perdonado.

Pero este insiste:

—Llévatelas, el juego es el juego.

Con la discusión, Marabato da un empujón a su dado, que sale rodando despacio y muestra todos sus lados. Y entonces se da cuenta: ¡el dado solo tiene cuatros!

Marabato mira al Verde, asombrado.

El Verde sufre un ataque de vergüenza. Aturullado, tropieza con la biblioteca, se mete en la chimenea, da un salto y se planta en el tejado. Luego cae al suelo, y se va a su casa corriendo.

Marabato se ha quedado pasmado; pero, poco a poco, lo va viendo claro. El Verde, en el fondo, no es malo.

—Si no se hubiera llevado las zapatillas... –se dice.

En esto...:

—¡Pan, pan, pan! ¡Pan, pan, pan! ¡Requetepán! –están llamando a la puerta. ¡Y vaya insistencia!

Es otra vez el Verde, que trae un paquete. Era un regalo para Marabato.

Marabato abre la caja, y de ella salen ¡un montón de sandalias!

Marabato y el Verde se dan un abrazo.

El asunto parece terminado. Pero... ¡qué va a terminar! Todavía falta un magnífico final.

Marabato hace una estupenda ensalada con las sandalias e invita a cenar a su amigo. ¿Cómo iba a consentir que se fuera con el estómago vacío?

4 *El Presirracho del Parlamonte*

Para Marabato, de todos sus amigos, el Amarillo es el más querido.

Ambos se reúnen algunos días a contárselo todo, menos lo que no se cuentan porque no les da la gana.

El Rojo, que es muy curioso, se acercó una vez para ver de lo que estaban hablando el Amarillo y Marabato. Pero ellos, al verle, se callaron.

—¿Qué dirán, que no me dejan escuchar? Pero ¿qué tendrán esos dos que no tenga yo?

El Rojo estaba furioso.

Así que, otra vez que los volvió a ver habla que te hablarás, se acercó despacito y se escondió detrás del Amarillo. Pero, ¡ay!, este le vio y se lo dijo por lo bajo a Marabato.

Ambos se guiñaron el ojo. ¡Iba a ver, el Rojo!

—Mañana de madrugada llega el Presirracho del Parlamonte.

—¿Ese que tiene bigote? –preguntó Marabato.

—El mismo –contestó el Amarillo–, pero que no se entere nadie. Sobre todo, que no se entere el Rojo.

El Rojo, al oírlo, se puso nervioso y se fue velozmente a contárselo al Verde.

Al Verde de poco no le da un telele.

—Y dices que llega mañana de madrugada... Pero ¿quién es?

—Y yo qué sé.

El Rojo y el Verde decidieron conocerle.

—¿Entrará por la puerta principal?

—¡Claro: siendo el Presirracho del Parlamonte...!

—¡Y teniendo bigote...!

Mientras, Marabato y el Amarillo se estaban riendo de lo lindo, pues el Presirracho del Parlamonte y su bigote no existían.

¡Todo era mentira!

—Se lo tiene bien empleado, por escuchar lo que hablamos.

A la siguiente mañana, de madrugada, el Rojo y el Verde fueron a la puerta principal y vieron a muchísimo personal pero, ¡qué casualidad!, nadie tenía bigote, así que nadie podía ser el Presirracho del Parlamonte.

Después de un buen rato de estar mirando, el Rojo y el Verde lo tuvieron claro: ¡Marabato y el Amarillo habían mentido! ¡Lo habían hecho a propósito! Seguro que habían visto al Rojo escuchando en su escondrijo.

—Por mi nariz que esto no va a quedar así –dijo el Rojo–; esos no se ríen de nosotros.

Así que, a eso del mediodía, estaban Marabato y el Amarillo hablando tan tranquilos, cuando vieron a alguien muy alto que se acercaba despacio. Enseguida les llamó la atención su gran bigote de algodón y que iba envuelto en una toalla marrón.

—¡El Presirracho del Parlamonte! –chilló el Amarillo. Y, sorprendido, pegó un brinco.

—¡El Parlamonte del Presirracho!

–gritó Marabato armándose un taco. Y, asombrado, pegó un salto.

Mientras, el Presirracho pasó por su lado, muy digno y muy estirado.

Marabato y el Amarillo estaban hechos un lío.

—Pero cómo va a haber pasado el Presirracho si no existe, si hemos sido nosotros los que lo hemos inventado –decía Marabato.

—Pues si no era el Presirracho, ¿quién era ese mamarracho? –preguntó el Amarillo.

Los dos amigos no hallaban la solución.

—¿Quién puede tener un bigote de algodón?

—¿Y la cara verde como una rana?

—¿Y los pies rojos como una pata?

—A mí sus ojos me recordaban a alguien.

—Pues sus pies a mí, también.

—¡Eran los ojos del Verde! –chilló el Amarillo de repente.

—¡Y los pies del Rojo! ¡Se ha montado uno encima de otro! –gritó Marabato.

—¡Y se han pegado un bigote de algodón!

—¡Y se han envuelto en una toalla marrón!

—Nos han tomado el pelo. Pues van a ver ellos.

El Amarillo y Marabato pensaron un buen rato.

Y esa tarde, cuando el Rojo fue a su casa a comerse unos bizcochos, encontró una tarjeta que alguien había metido por debajo de la puerta.

Y cuando el Verde fue a su casa a beberse un vaso de agua, encontró un tarjetón que alguien había metido en su buzón.

Tanto en la tarjeta como en el tarjetón venía escrita la siguiente invitación:

*El Presirracho del Parlamonte,
en honor a su gran bigote,
te invita a un gran baile
en medio de la calle.*

—Pero ¿cómo nos va a invitar el Presirracho? ¡Si no existe! ¡Si somos nosotros disfrazados! –se decían el Rojo y el Verde.

Pero, después de pensar seriamente, salieron a la calle con su disfraz de Presirracho y... ¡vaya chasco! Allí había otro Presirracho del Parlamonte. Era el Amarillo montado sobre Marabato con un largo albornoz anaranjado y unos bigotes pintados.

El Rojo y el Verde se quedaron parados al verlos, pero luego los reconocieron y... ¡los cuatro rieron!

Marabato, desde abajo, se puso a tocar una flauta y los dos presirrachos del parlamonte, con sus grandes bigotes, empezaron a bailar.

La gente que pasaba se paraba y los miraba encantada. Y tan bien lo hicieron los dos presirrachos, que les regalaron muchos zapatos.

5 *El primer día de Año Viejo*

Hacía mucho que Marabato no veía a su tía.

Esta le había invitado a cenar zapatos al puchero la última noche de Año Nuevo. Marabato había consultado su calendario, y lo único que había conseguido era armarse un lío. No sabía cuándo caía la noche que decía la tía.

Estaba Marabato muy preocupado, cuando le llegó un recado: la cena se suspendía, su tía se iba a Guatemala a pasar este fin de *mesemana*. Marabato se quedó algo desilusionado.

—Pero ¿cuánto va a durar este fin de *mesemana*? –se preguntaba Marabato, ya harto al cabo de un mes esperando.

Por fin un día llegó su tía en un avión. Marabato miró hacia arriba y la vio enseguida. La tía le saludó desde una ventanilla. Luego la abrió, se tiró en paracaídas y cayó al lado de Marabato. Los dos se abrazaron.

—Te invito a comer el primer día de Año Viejo zapatos al sombrero –dijo la tía muy convencida.

Marabato se quedó encantado. ¡Por fin volvía a ser invitado!

Llegó a su casa y volvió a mirar su calendario. ¡Qué raro! Ahí no venía el primer día de Año Viejo. Marabato bajó a su trastero, y consultó más de cien calendarios atrasados: desde el año 1804 hasta 1944. El asunto estaba muy embrollado pero, después de hacer muchos

cálculos, Marabato decidió ir a comer a casa de su tía el día de Santa Lucía. Mas resultó que ese día su tía no estaba en casa porque se había ido a la peluquería.

Marabato estaba muy disgustado. Seguro que se había equivocado. El pobre se fue a su casa, cabizbajo, y se comió unos zapatos. Luego volvió a consultar los calendarios y decidió volver el lunes de la próxima semana a ver si acertaba.

Pero al día siguiente le llegó un recado urgente: su tía estaba impaciente y la mesa ya estaba puesta. ¿Qué hacía que no iba?

Marabato salió corriendo pero, como estaba muy lejos, llegó tarde y toda la comida se la había comido la tía.

Marabato estaba tan disgustado que ese día no probó ni un bocado.

Pasó el tiempo y la tía no le convidaba. A lo mejor, estaba enfadada.

Pero un día, ¡qué alegría! A Marabato le llegó una noticia: a su tía le había tocado la lotería y le invitaba a desayunar esa noche en la mejor zapatería.

A pesar de ser mediodía, Marabato salió zumbando hacia la zapatería, dispuesto a no marcharse hasta que le convidara su tía.

Pero después del mediodía llegó la tarde y, después, la noche, y la tía no aparecía.

Marabato continuó esperando y por fin se durmió, tumbado en el mostrador.

Antes de que saliera el sol, la tía llegó y Marabato se despertó.

El zapatero abrió corriendo la zapatería, para que entrara la tía. Y es que el pobre hombre, como era un bonachón, había hecho para esa ocasión zapatos de caramelo. Pero a Marabato le gustaron más los de cuero.

Tía y sobrino acabaron el festín tomándose cada uno un botín.

Y después de todo esto Marabato se fue a su casa tan contento.

Y se dice que su tía se fue de turista a la Argentina, se gastó el resto de la lotería y lo pasó de maravilla.

6 *¡Atchús!*

Marabato se ha acatarrado. Está en la cama con muchas mantas.

El Rojo y el Verde han ido a verle. Luego ha llegado el Amarillo, que le ha traído dulce de membrillo. Pero Marabato no quiere comer porque si traga le duele la garganta. Además tiene las narices taponadas, le duelen los oídos y está sin ganas de nada. El Rojo, el Amarillo y el Verde le miran tristemente.

En esto llega la tía corriendo a toda prisa, pues se acaba de enterar de que su sobrino está mal. Como tiene mucha cordura, ¡pues a ver si le cura!

—¿De qué te has constipado, sobrino mío queridísimo: de frío de estrella o de descuido de sol? –le pregunta.

Marabato la mira.

—Era de día –responde.

—Vaya, vaya –dice la tía–. ¿Y había carreras de aires o chapoteos de *nubeees*? –sigue indagando la tía.

—No, había horchata fría en el bar de la esquina.

—¡Horchata fría! ¿Tomaste horchata fría teniendo allá lejos la montaña su peluca cana? ¡Qué barbaridad tan *barbara*! –exclama la tía escandalizada.

Y se queda pensativa, con la mano en la barbilla.

Al fin, la tía receta:

—Aire puro de rosas rojas, murmullos de caracol –piensa otro ratito y continúa–: ciento tres cucharadas de zumo de limón y bañarte en tu propio jugo como un pollo *à la cocotte*.

El Rojo, el Verde y el Amarillo se miran asombrados, pero enseguida reaccionan.

—Yo me encargo de las rosas rojas –dice el Rojo.

—Yo, de los caracoles –dice el Verde.

—Pues yo, de traer limones a porrillo –dice el Amarillo.

Pero, ¡ay! El Rojo se va y ninguna rosa roja verá.

El Rojo, que es muy nervioso, se pone a dar vueltas deprisa, muy deprisa, en busca de rosas, y cada vez más deprisa, muy nervioso, hasta que forma un remolino rojo. El aire alrededor también se vuelve rojo, mientras él gira y gira con grandes zancadas. Por fin el Rojo, cansado, se para y el aire se vuelve de color aire. Solo quedan unas motas rojas, como gotas de sangre. Las gotas caen al suelo y... ¡qué alegría! ¡Eran rosas! ¡Rosas rojas! El Rojo las coge en una gran brazada y se las lleva.

El Verde lo pasa peor. Sale en busca de algún caracol, pero tampoco lo encuentra. El Verde corre en línea recta, o sea, sin dar vueltas. Y en esto se cae por un barranco, muy deprisa hacia abajo. ¿En qué estaría pensando? Seguro que en caracoles, y por eso el Verde se ha olvidado de ser prudente y no ha mirado dónde ponía el pie derecho, ni tampoco el izquierdo, y, claro, ¡se ha caído!

El Verde baja tan deprisa que tiñe el aire de su color, y lo convierte en una cascada verde que cae barranco abajo. Y así, de repente, el Verde se encuentra flotando en un mar verde, verde, verde. Pero esto dura solo un minuto. El mar desaparece. Solo queda a su lado un caracol, ahí en el fondo del barranco. Loco de contento, lo pesca y a casa de Marabato regresa.

Y, mientras, ¿qué ha sido del Amarillo? Bueno, a ese todo le resulta sencillo. Va con un gran cesto a un limonar y, como había dicho, coge limones a porrillo.

Por su parte, la tía había abrigado tanto a Marabato, que el pobre estaba sudando. La tía recogía lo que sudaba con una cuchara, y luego se lo echaba por encima otra vez. ¡Pardiez! Si parecía que estaba guisando un pollo *à la cocotte*... El pobre Marabato tenía mucho calor.

Pero en esto llega el Amarillo, tan contento, con su cesto lleno, y la tía empieza también a echar por encima de Marabato el zumo de los limones, y este se refresca al fin.

—Así está mejor –asegura la tía.

A Marabato el limón le desinfecta y le cura la garganta, mientras su tía sigue rocía que te rocía.

Y entonces llega el Rojo, con sus rosas tan rojas, y el cuarto de Marabato se convierte en un rosal. Hay rosas rojas encima de la colcha, el armario, las sillas, la mesilla, las paredes, el suelo y hasta el techo. Las rosas brillan por la alcoba. ¡Todo huele a rosas! Qué a gusto se encuentra Marabato y... ¡sus narices se destaponan!

Pero la cosa todavía está mejor cuando llegan el Verde y el caracol. La habitación se llena de rumor de caracoles, y de olas, y de espuma. ¡Si hasta corre brisa marina!

Ante ese rumor tan fino, a Marabato se le pasa el dolor de oídos y se duerme de gusto. Y, cuando despierta, ¡está curado del todo!

7 *Carnavales*

Era carnaval, y de las manos de los niños, de los balcones y ventanas, hasta de las carrozas adornadas, caía una lluvia que no mojaba.

Unas gotas eran azules, otras verdes, otras rojas, otras anaranjadas. ¡Y entre todas vestían el aire de lunares!

Era esa una lluvia de papel, llena de gotas rojas de amor, otras verdes de ilusión. También había gotas de tristeza, tirando a amarillentas, como soles de invierno, ya casi sin fuerza. Y gotas de enfado, color anaranjado. Y otras de alegría, de color azul, añil, violeta y lila.

La lluvia que caía ese día era una lluvia de colores, una lluvia de emociones, una lluvia de vida.

Había también relámpagos de papel, que serpenteaban sus colores sobre sombreros de cocineros, sobre escobas de brujas, sobre cucuruchos de hadas y trajes de sevillanas, cruzándose y entrecruzándose, formando arcos iris por todos lados.

Marabato y sus amigos estaban fascinados. Corrían de un sitio a otro para verlo todo, olvidándose hasta de quitar zapatos a la gente. En una esquina un grupo de señoras, con la cabeza cubierta de piñas, cantaba con mucho ritmo, explicando la manera de disolver bien la maicena. Y en una plazuela, sobre un tablado, un grupo de niñas bailaba por bulerías, echando al vuelo sus volantes, que se convertían en olas del aire.

Por una calle, Marabato vio a su tía, que también iba disfrazada; Marabato no sabría decir de qué, pero desde luego iba disfrazada, ¡y muy bien disfrazada!: ¡si al principio, en vez de su tía pensó que era una pescadilla! Y después, un ciempiés. Y luego, algo nuevo, nunca visto por aquellos sitios. Pero por fin se dio cuenta: eso que parecía una guindilla, o quizá una judía, o tal vez una sardina, ¡era su tía!

En esto sonó una trompeta. Iba a empezar el concurso de disfraces. Marabato y sus amigos se sentaron en el bordillo.

—A lo mejor gana mi tía –pensó Marabato muy optimista.

Se presentaron cocineros y frailes, moros y cristianos, loros de plumas brillantes y soldados, sin fusiles, pero con es-

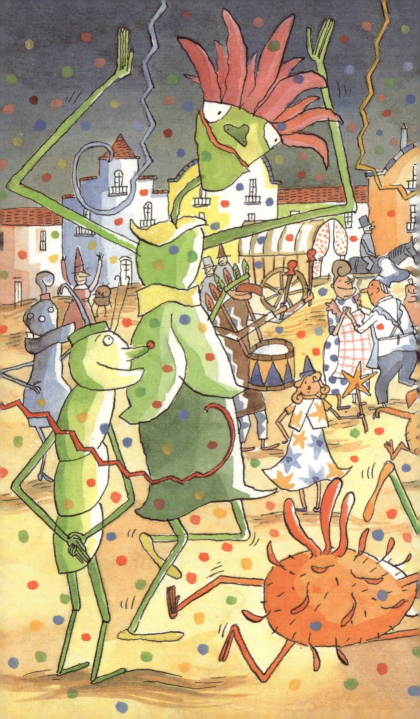

cobas. Indios no faltaron, ni tampoco señores negros tocando tambores.

En esto, apareció la tía de Marabato. Se oyó una gran ovación. Marabato tembló de emoción. Pero...

Luego empezaron a desfilar flores. Habían venido de todos los países y lugares. De sitios tropicales y de montañas nevadas. También había geranios que se habían escapado de las ventanas.

Sus colores, sus formas, sus olores... ¡eran todos tantos y tan variados! ¿Hay algo que encierre más fantasía que el traje de una flor? ¡¡Sí!!: los trajes de muchas flores, las flores mismas con todos sus trajes.

El jurado acordó dar el primer premio al conjunto de flores.

La tía de Marabato protestaba, porque decía que ellas no venían disfrazadas, que eran así. Y, como tenía razón, el jurado acordó dar otro premio a la tía de Marabato por ser la mejor disfrazada. Le dio un grandísimo zapato de cartón, y la tía se conformó.

Por la tarde bailaron y bailaron. Las calles eran ríos de gente disfrazada que bailaba dando saltos.

Luego empezó a oscurecer. El día de carnaval se iba a acabar. Como se acaba la Navidad o las fiestas de cumpleaños. Esos días en los que no se gana el pan, que son como las flores, las mariposas o las sonrisas. Suenan tres petardos y luego un escándalo. Son los fuegos artificiales, que ascienden y ascienden en la oscuridad. Y el negro cielo de la noche de carnaval se viste de lentejuelas. ¡Qué bonito final!

8 *La escuela*

—Toda nuestra familia ha ido a la escuela, por lo menos un día en la vida –le dijo la tía a Marabato al verle tan vago.

—Bueno, en realidad, ¿qué es un día en la vida? Haré como toda mi familia –pensó Marabato, aunque estaba seguro de que la escuela era una pamplina, que de nada servía.

Así que, una mañana que estaba aburrido porque sus amigos se habían ido, Marabato cogió la vereda que llevaba a la escuela.

Llegó muy tarde, cuando ya habían empezado las clases.

Todas las aulas estaban llenas. Marabato entró en una de ellas y, como no había sitio, se sentó en el pasillo.

El profesor dijo a sus alumnos:

—Ha entrado Marabato. ¡Cuidado con los zapatos!

Y siguió explicando cosas que ni él mismo entendía, como por qué salen huevos de una gallina. Luego armó todavía más embrollo, explicando por qué de los huevos salen pollos.

—Pues de las piñas salen piñones –aseguró Marabato, que estaba muy enterado.

—Exactamente. Eso pasa porque la piña no es una gallina. De serlo, saldrían huevos, como os he dicho hace un momento –contestó el profesor, muy satisfecho de sus conocimientos. Y luego, con grandes humos, se dirigió de nuevo a los alumnos–: ¿Alguna pregunta? ¿Algo que no entendéis?

Pero como nadie entendía qué era lo que no entendían, pues no habían entendido nada ni del principio ni del final ni de la mitad, nadie se atrevió a preguntar.

El profesor sonrió muy ufano. Había quedado todo bien explicado. Entonces, fue Marabato y preguntó:

—¿Por qué los marabatos somos tan escasos y los seres humanos tan complicados?

De la cara del profesor la sonrisa se esfumó, y por su frente corrió una gota de sudor.

—Eso es para más adelantados –contestó algo azarado. Es que el pobre no tenía ni idea de cuál era la respuesta. Y, aprovechando que ya era media mañana, dio una palmada y gritó–: ¡Al recreo!

Los chicos salieron, armando un gran jaleo, y, una vez en el patio, empezaron a hacer el ganso.

Algunos jugaban como lo hacían en la plaza; otros comían bocadillos; y otros, a escondidas, fumaban pitillos. ¡Qué pillos!

Marabato iba de un lado a otro, mirándolos a todos, pues para eso había ido a la escuela, para enterarse de lo que pasaba en ella.

En esto sonó una campana y todos volvieron al aula.

Una profesora empezó a escribir números en la pizarra, mientras hablaba y hablaba.

Como Marabato se aburría, se puso a chupar una tiza.

—¿Alguna pregunta? –preguntó al final la profesora. ¡Qué preguntona!

Pero los chicos, que no eran preguntones, no preguntaron. Se ve que tampoco esta vez habían entendido qué era lo que no entendían.

Pero Marabato, que era un preguntón, sí preguntó:

—¿Por qué los lobos se comen a los corderos?

—Porque son malos.

—Entonces, ¿por qué las personas se comen a las vacas?

La profesora se puso roja. Y, aprovechando que ya era mediodía, dijo:

—¡La hora de la comida!

Y todos se marcharon al comedor, a comer pescado con arroz.

Marabato quitó un zapato a Paco y se lo comió a bocados.

—¿Por qué los marabatos coméis zapatos y nos dejáis descalzos? –le preguntó una niña.

Marabato se quedó pasmado. Y, aprovechando que la comida se había acabado, respondió:

—Ya es hora de que vayas a clase. Si no, vas a llegar tarde.

Después de comer tocaba clase de inglés. Marabato se durmió y no sabe qué pasó. Cuando despertó, el profesor decía:

—¿Alguien quiere hacer una pregunta?

¿Y sabéis lo que pasó? ¡Que nadie preguntó!

Por la noche Marabato dijo a su tía:

—La escuela, ¡qué tontería! Es más divertido subirse a un pino y ver a los pájaros metidos en sus nidos.

9 *Peladillas*

Oscurecía entre los pinos verdes. Marabato estaba con su tía haciéndole compañía.

—No me gusta la noche, es muy oscura –comentó Marabato.

—¡Criatura! ¡Qué locura! Si siempre brillara el sol, ¿cómo ibas a ver las estrellas? –comentó la tía con gran cordura.

Marabato pensó que su tía tenía razón, pero agregó:

—Es que luego nos acostamos y todo está negro.

—¡Como el chocolate! –chilló la tía–. ¡Quién tuviera delante una taza humeante!

—O el betún –le recordó Marabato, más animado.

La tía se imaginó un sinfín de botas, botines, zapatos y demás calzados, todos embetunados, y no pudo reprimir un grito alborozado.

—¡Aeiou! –chilló.

Luego, cuando se hubo calmado, dijo:

—La noche es un mar negro sobre el que flotan las estrellas y los sueños.

—¿«Mar»? –preguntó Marabato–. ¡Pero no está mojado!

—No importa. Es un mar especial. Cuando estés en la cama, cierra los ojos y verás como tú también flotas en él. Se está muy bien.

—Sí, me parece que anoche floté y me encontré con el Rojo, que también flotaba.

—¡Claro, todos flotamos! Y, a veces, salen a flote cosas que han pasado por la mañana y que ya estaban enterradas. Por ejemplo, yo, la otra noche, vi el desfile que hubo a las doce.

—Pues yo vi tu sombrero, ese que se llevó el viento.

La tía torció el gesto.

—¡Mira tú dónde fue a aparecer! ¡No me hables más de él!

—Bueno, pues entonces te contaré que otra vez soñé que era rey, y llevaba una corona dorada, y un manto con una cola muy larga.

—¡Oh! –dijo la tía–. Esos son unos sueños muy bonitos. Son deseos que están encerrados en nuestro corazón y, si por el día no se hacen verdad, por la noche se escapan a flotar por el mar.

—Pero otra noche soñé que vivía en un mundo sin zapatos. Todo el mundo iba descalzo y nosotros teníamos que comer calcetines, que estaban blandos y malísimos.

—¡Pero eso es mentira! –chilló la tía, ofendida.

—Pues salió a flote por la noche. ¿Cómo pudo ser?

—Pues no sé. El caso es que yo soñé una vez que andaba con las manos en vez de con los pies. Todo lo veía al revés y me mareé. ¡Qué mal lo pasé!

—Pues esos no son sueños bonitos –dijo Marabato.

—No –dijo la tía–. Son *peladillas*. Están encerradas en nuestra cabeza sin que nos demos cuenta, y por la noche se escapan y flotan.

—Yo no quiero tener *peladillas* –dijo Marabato.

—¡Y el gusto que da despertarse!

—Sí, eso es verdad.

Ya era completamente de noche. En el cielo había luna y estrellas. ¡Cómo brillaban en la oscuridad! Nunca a Marabato le habían parecido tan bonitas.

—Adiós, vete ya –dijo de repente la tía–. Es hora de dormir, y de flotar.

Aquella noche, cuando se acostó, a Marabato le pareció que su cama era un barco. Trozos de luna y estrellas entraban a través de las rendijas de su persiana, pero poco a poco Marabato dejó de verlos y sintió que se hacía ligero, ligero, que no pesaba nada, que flotaba en la noche. Su cerebro, dentro de su cabeza, y su corazón se esponjaron. Se debían de estar abriendo para dejar salir sueños.

—¡Pero que no salgan *peladillas*! –pensó Marabato.

Y en ese momento empezaron a flotar peladillas por todas partes. A Marabato le entró una risa. ¡Pero si eran una especie de almendras, como esas que toman las personas por entretenerse! Ya le parecía a él que su tía se había equivocado. Que lo de los calcetines y lo de andar con las manos no eran peladillas, sino otra cosa que sonaba parecida.

Las verdaderas peladillas flotaban esa noche por aquí, por allá, y Ramón, Lolita, Paco, Elena, Raúl y otras personas corrían a comérselas. Y tantas comieron que se pusieron redondos como globos, mientras flotaban y flotaban.

Ya amanecía y Marabato seguía riéndose. ¡Vaya noche divertida! ¡Y todo gracias al despiste de su tía!

Trocitos de sol bajaban ya hacia la tierra. El mar de la noche pronto desaparecería, pero allí estaba todavía, cubriendo el alba fría. Unas olas suaves iban y venían, tapaban dulcemente a Marabato,

le arropaban, le abrigaban. Ya entraba el sol por las rendijas de las persianas. Un rayo cayó sobre una ola y la convirtió en una sábana. La ondulante espuma del final formó un precioso embozo bordado. Marabato se despertó. ¡Nunca había visto una sábana tan bonita! Su espuma, digo, su blanco embozo le acarició la cara.

10 *Vamos a contar mentiras*

Un día Marabato hizo una tortilla de zapatos, y, con sus amigos, el Rojo, el Verde y el Amarillo, se fue de excursión en una lancha a motor.

Empezaron a navegar, dieron muchas vueltas y revueltas, y vieron muchas cosas, en una orilla y en la otra.

Los pájaros iban y venían. A veces bajaban y picaban la tortilla.

—¡Mirad, mirad ese gusano! –dijo el Rojo, entusiasmado.

—¡Qué bonito! –exclamó el Amarillo.

—No es un gusano –aseguró Marabato–. Es un tren que va por el campo. ¿No veis cómo anda? *Taca, taca, taca.* ¡Y qué de vagones, todos de colores!

El Amarillo, que conducía la lancha, soltó una carcajada, y tanto rió que descuidó el timón, lo cual es muy peligroso, pues, así, en vez de a un lugar, se puede llegar a otro. Pero nadie lo notó, porque todos estaban pendientes del campo verde.

—Pues mirad esa fila de hormigas –dijo el Rojo.

—Van todas cargadas con una espiga –añadió el Verde.

—No son hormigas –aseguró Marabato–. Es un tren de mercancías que lleva trigo a los indios. ¡Cuántos vagones llenos, y todos negros!

El Amarillo rió con todas sus ganas y dejó que la lancha entrara en un remolino. ¡Vaya descuido el del Amarillo!

Marabato abrió los ojos como platos y dijo:

—¡Qué divertido! Estamos en un tiovivo.

Todos rieron, menos el Verde, que estaba serio. El remolino lo formaban locas aguas, que, por fin, se calmaron, y nuestros amigos siguieron navegando.

—Déjame el timón –dijo al Amarillo el Verde–. ¡Eres un inconsciente!

El Amarillo se lo dejó algo mohíno, pero enseguida dijo divertido:

—¡Mirad ese pájaro en esa rama, qué quieto está! Parece una hoja más.

—¡Claro! –dijo Marabato–. Como que los pájaros son hojas de árbol en libertad. ¡Mirad, ya vuela!

Aunque ahora llevaba el timón, el Verde no quiso perderse el espectáculo del árbol y del pájaro, miró hacia arriba y dejó que la lancha se fuera a la deriva.

—¡Por los bigotes de mi tío! –dijo el Amarillo–. ¿Dónde nos has metido?

Resultaba que ya no estaban en el risueño río Rin, sino en la radiante ría Ran. Se habían cambiado por un canal, mientras el Verde miraba al pájaro y a la rama.

—¡Qué más da! –dijo Marabato–. Sigamos navegando.

—Pero ¿vamos a saber volver?

—Eso ya lo veremos después.

La ría bordeaba un pueblo. Sobresaliendo entre todas las casas, irguiéndose hacia el sol, estaba la catedral con su torre, señalando hacia arriba, muy arriba. Era tal su belleza, que los cuatro quedaron embobados.

—¡Qué torre tan alta! –dijo al fin el maravillado Amarillo.

—No es una torre, es una escalinata que los hombres han hecho para intentar llegar al cielo –dijo Marabato.

Y, en esto, de la catedral empezaron a salir cánticos y notas de órgano que se elevaban más allá de su misma torre, más allá de una bandada de palomas. Sí, más allá, mucho más allá. Con todas estas cosas, ni que decir tiene que del timón no se estaba ocupando el Verde.

—Y digo yo: ¿qué hay detrás del cielo? –dijo el Rojo, perplejo.

—El misterio –contestó el Verde prontamente.

—El infinito –dijo el Amarillo.

—El espacio –sentenció Marabato.

Todos quedaron callados hasta que, de repente:

—Estamos completamente perdidos –dijo el Amarillo–. Yo este bosque nunca lo he visto –y miró al Verde, resentido.

—Pues me alegro de haber venido –contestó este–. Es muy bonito –y luego, haciéndose el distraído, agregó–: Por eso os he traído.

—¡Qué árboles tan altos! –dijo Marabato para cambiar de conversación.

—¡Pero, Marabato...! –dijo el Rojo guiñando un ojo–. No son árboles; son columnas que sujetan un toldo verde.

—¡Hombre, claro; si lo hacen todos los veranos...! –rió Marabato–. Cómo no me habré fijado.

—Y ese tan altísimo que está ahí solo, ¿qué es? –quiso saber el Verde.

—¿Ese? Ese es un rascacielos para las ardillas.

Todos rieron con gran estrépito, y entonces... ¡plaf! La barca que choca contra una roca.

—¡Es inaudito! –dijo el Amarillo–. Quítate de ahí ahora mismo –y, dando al Verde un empujón, se colocó otra vez junto al timón–. Lo has hecho bastante peor que yo –aseguró de mal humor.

En un entrante de tierra, casi a orillas del río, había un castillo.

—Marabato, mira eso. ¿Qué es? –interrumpió el Rojo a propósito, para que el Verde y el Amarillo cesaran su griterío.

Era ese un castillo romántico, lleno de encanto, y que, como más de uno, acababa en un torreón puntiagudo.

—¿Eso? –contestó Marabato–. Es una casa con sombrero.

Al oírlo el Rojo, el Verde y el Amarillo aplaudieron divertidos y, claro, el Amarillo soltó el timón, y la lancha... ¡¡¡siguió como si nada!!! ¡Vaya suerte que había tenido el Amarillo!

Empezaba a oscurecer y...

—Es tarde, volver sería lo prudente –dijo el Verde.

Pero, como un poco más abajo el río se dividía en dos brazos, Marabato sugirió:

—Pues volvamos por otro lado.

Así que el Amarillo guió la lancha hasta el otro brazo del río.

Navegaron algún tiempo en silencio. ¿En qué pensarían?

Pues, como Marabato diría, el silencio es el murmullo de las almas hablando consigo mismas.

Lo malo del caso era que no veían nada conocido. ¿Adónde los llevaría ese brazo del río? Todos, hasta Marabato, empezaron a estar preocupados.

—Lo mejor sería volver atrás –opinó el Rojo.

—No tenemos tiempo. Pronto será de noche. Mirad, el sol. Ya se está poniendo –dijo el Verde.

—¡Qué bonito su reflejo en el río! –exclamó el Amarillo.

—¿«Reflejo»?; no, no. Es una escalera de lentejuelas que nos tiende para que vayamos a verle –corrigió el Verde. Y todos rieron complacidos, olvidando que estaban perdidos. Pero luego el Verde añadió tristemente–: Lo cierto es que se está poniendo detrás de esa montaña.

—¿«El sol»? ¿«Montaña»? ¡Qué va! –rió Marabato para darles ánimos–. Eso que veis es una moneda de oro cayendo en una hucha.

Y el Rojo, el Verde y el Amarillo volvieron a olvidar que estaban perdidos, y rieron divertidos.

—El día de hoy es la moneda de oro –dijo el Rojo.

—Y la hucha donde van cayendo los días, ¿qué será? –preguntó el Amarillo pensativo.

Pero nadie le contestó porque...

—¡Mirad, llegamos a un pueblo! ¡Hay gente! –gritó el Verde alegremente.

—¿Y llevan zapatos? –quiso saber Marabato.

—¡Marabato! ¡Qué chasco! –dijo el Rojo guiñando un ojo (el derecho, esta vez)–. ¡Si son plantas que, en vez de raíces, tienen pies!

—Y en vez de corola, colamocha.

—Y en vez de pétalos, algunas llevan sombrero.

—¡Es verdad! ¡Las personas son plantas en libertad!

—No del todo –corrigió el Rojo–. De alguna manera, también están pegadas a la tierra. Ya veis, no pueden volar.

—Bueno, mejor. Así se ponen zapatos para caminar –dijo Marabato. En esto dio un respingo y después un grito–: ¡Por mi vida, si estoy viendo a mi tía!

¡Sí! Por allí paseando iba la tía de Marabato. Resultaba que estaban en el río que había al otro lado del jardín de don Emilio.

Siguieron adelante, y enseguida vieron la casa del alcalde.

—¡El Amarillo nos ha traído a nuestro destino!

—¡Bravo, hemos llegado sanos y salvos!

El Amarillo, muy animado, condujo la barca a la orilla con gran maestría.

—Hemos tenido mucha suerte –dijo el Verde–. Pues seguro que ahora llueve. Mirad esas *nubeees*.

—¡Qué tontería! –dijo Marabato–. Esas no son *nubeees*. Son barcos que navegan por el cielo.

Y en ese momento, como si fuera por llevarle la contraria, a Marabato le cayó una gota en la cara.

—A veces salpican –explicó Marabato a sus amigos.

Todos asintieron muy serios, pero luego ¡cómo rieron!

En realidad, sí que era una suerte que hubieran llegado, pues, además de que llovía, ya era noche perdida.

La luna empezó a brillar en el cielo, y el Rojo dijo en plan filosófico:

—Me gustaría saber por qué, si la luna es tan grande como dicen, la vemos tan pequeña.

—A lo mejor es que no es la luna, sino una de esas bolas de nieve que tirábamos a lo alto este invierno.

Y todos volvieron a reír antes de separarse para ir a dormir.

11   *Amistad*

A Marabato le gustaban mucho los pájaros.

—Son tan alegres, siempre saltando, siempre piando... ¡y qué me dices cuando revolotean entre las ramas! Pío por aquí, pío por allá. ¡Parecen cascabeles entre las hojas verdes! –dijo un día Marabato a su amigo el Amarillo.

—Pues yo de eso sé muchísimo, porque tengo un primo que tiene un libro que habla de pajarillos, y yo lo he leído –comentó el Amarillo en plan presumido.

Y hete aquí que un día Marabato se fue de paseo hasta un pueblo llamado Petuerto y, por el camino, ¡de un pájaro se hizo amigo!

El pájaro iba y venía, revoloteaba a su alrededor para hacerle compañía.

Marabato iba muy contento mirando al pájaro y, como no miraba abajo, metió el pie en un agujero y se cayó, pero no le importó.

El pájaro, a la vuelta, también le acompañó, revoloteando cada vez más cerca.

Desde entonces, todas las mañanas cuando se despertaba, Marabato abría la ventana, y ahí estaba el pájaro, cantando desde una rama.

Y por las noches, después de cenar, Marabato miraba a través del cristal, y ahí estaba el pájaro venga a piar.

Por lo demás, durante el resto del día, cada cual vivía su vida.

Pero una mañana que Marabato fue a tomar tila a casa de su tía, después de la bebida ¿a quién diríais que vio? Pues al pájaro, posado en el balcón.

Marabato le saludó con la mano, y el pájaro le devolvió el saludo con el ala. La cosa resultó tan graciosa que la tía soltó la carcajada.

También una tarde Marabato vio al pájaro en el parque. Estaba planeando y mojándose la panza en el estanque. Marabato se sentó en un banco, y el pájaro entonces voló muy alto. Por último se posó en tierra y anduvo a saltos picoteando algunos granos.

—Es muy agradable mirarle –pensó Marabato– y debe de ser una buena gimnasia para la niña de los ojos porque va y viene continuamente.

Los días seguían, y en una ocasión el pájaro se posó en la ventana de Marabato y empezó a golpear el vidrio con el pico. Marabato abrió la ventana y el pájaro se dejó acariciar.

Marabato estaba encantado.

—Quisiera hacerle un regalo. ¿Le gustarán los zapatos? –pensó.

Marabato regaló al pájaro un zapato que dejó al lado del árbol. Era un zapato enorme. Además estaba dado de sí por los bordes y le faltaba la parte alta. Parecía una jofaina.

—Es un zapato buenísimo. Debe de estar la mar de crujiente.

Llegó la noche. Marabato miraba por la ventana. A eso de las nueve vino el pájaro y al zapato no le hizo ni caso. Marabato se llevó la mano al corazón. ¡Qué desilusión!

Pero, a la mañana siguiente, apenas había amanecido cuando Marabato se fue corre que te pillo a ver a su amigo el Amarillo, pues con eso del libro que tenía su primo y que él había leído, de pájaros debía de saber un porrillo.

—Lo que les gusta es la miga de pan –informó el Amarillo.

Marabato corrió a un *restaurant*.

—Quiero pan.

El dueño le dio un cacho.

—Con tal de que no me quite los zapatos...

Marabato desmigó el cacho alrededor del árbol.

Pero yo no sé si es que el pájaro había comido mucho ese día, o si es que no le apetecía: el caso es que no probó ni una miga.

Marabato se llevó un disgustazo.

Para colmo, por la mañana, el pájaro no estaba en la rama.

—¿Se habrá enfadado? –pensó Marabato.

Llegó la noche y el pájaro tampoco volvió. ¡Se había marchado!

Marabato estaba triste.

Su tía intentó divertirle, y le convidó a una función de títeres. Pero Marabato siguió estando triste.

Sus amigos, el Rojo, el Verde y el Amarillo, intentaron alegrarle y organizaron un baile.

Tocaron valses, tangos y charlestón, pero Marabato apenas bailó.

Al día siguiente empezó la primavera y el pájaro... ¡volvió con una compañera!

No se había enfadado. ¡Solo se había ido en busca de un idilio!

La nueva pareja hizo su nido en el árbol que había al lado de la casa de Marabato. ¡Precisamente, en el zapato que él les había regalado! Ese que parecía una jofaina. Por lo visto, le había gustado mucho a la pájara.

Ese día Marabato estuvo todo el rato canturreando y no salió de su casa, para poder mirar a los pájaros por la ventana.

Al cabo de algún tiempo, la pájara puso huevos, y luego, en el zapato, nacieron nuevos pájaros.

Eran unos pajarillos desplumados, feísimos, pero a Marabato le parecieron guapísimos.

Todos los días de madrugada los pajarillos le despertaban. Era una lata, pero Marabato no decía nada.

Luego, ya entrada la mañana, el pájaro padre y la pájara madre le saludaban desde una rama.

Y cuando oscurecía, toda la familia, antes de acostarse, piaba dándole las buenas noches.

Marabato estaba tan satisfecho, que no cabía en su pellejo.

12   *El pueblo*

—Un día tenemos que ir al pueblo a ver al abuelo –le solía decir, de vez en cuando, la tía a Marabato. Sobre todo se lo decía cuando llovía, porque entonces le entraba la morriña.

Así que un día, que llovía a cántaros, la tía fue a buscar a Marabato.

—Prepárate –le dijo–, que vamos al pueblo a ver al abuelo.

—¡Pero si está lloviendo a cántaros! –dijo Marabato.

—¡Qué tontería! –exclamó la tía.

Y justo entonces, ¡plaf!, un gran cántaro le cayó en plena coronilla.

—¿Lo ves? –dijo Marabato.

—¡No importa! –aseguró la tía, divertida–. Son cántaros de agua. No hacen daño.

Marabato se dejó convencer y se marchó con su tía al pueblo, a ver al abuelo.

Por el camino el tiempo cambió y en vez de a cántaros empezó a llover a mares. A la tía le cayó encima todo el mar Mediterráneo y casi se ahoga. En cambio, a Marabato le cayó el mar Cantábrico, con todas sus olas y gaviotas. ¡Qué susto le pegó!

—Ya verás lo bonito que es el pueblo –decía la tía, que no quería hablar del tiempo–. Vamos, es que no te lo puedes ni imaginar.

Y eso último resultó ser verdad.

Marabato y su tía llegaron al pueblo

a eso del mediodía. Entraron por la puerta principal, que era toda de cristal.

En el pueblo hacía muy buen tiempo. ¡Ya no llovía! ¡Qué alegría! Los árboles eran altísimos y sus ramas colgaban hacia abajo formando cascadas de hojas verdes entre las que los rayos de sol jugaban al escondite y los pájaros se columpiaban.

—Vamos a buscar al abuelo –dijo la tía–. Vive ahí arriba.

Y señaló una gran escalera llena de palmeras. Además, cada escalón tenía un balcón y una puerta de entrada a una morada. Porque la escalera era una casa, y cada escalón, un piso con su cocina y su salón.

—Tu abuelo vive en el décimo escalón –dijo la tía.

—¡Qué alto! –se asombró Marabato.

—No te apures, hay ascensor.

El ascensor estaba formado por dos cestas que colgaban de una polea. Una estaba abajo y otra arriba. Marabato y su tía se montaron en la de abajo.

—¿A qué escalón van? –chilló el portero desde arriba.

—¡Al décimo! –dijo la tía.

El portero puso diez piedras en la cesta de arriba, la soltó, y la tía y Marabato empezaron a subir despacio. Al llegar al décimo escalón, se pararon.

—¡Vamos, bájate deprisa! –dijo la tía.

Marabato se bajó de un salto. Su tía le imitó. ¡Estaban en el décimo escalón!

Entonces...

—¡Cesta va! –bramó el portero desde arriba.

Y personas, marabatos, animales y hasta cosas salieron corriendo, mientras la cesta con las piedras caía al suelo armando un estruendo.

—Ja, ja, ja –rió la tía–. Cuando yo era pequeña, ¡lo que esto me divertía!

Marabato estaba pasmado.

Llamaron a la puerta y el abuelo la abrió.

—¡Papá, papá! ¿Dónde estás? –dijo la tía mirando por todas partes. ¡No había nadie!

—¡Aquí! –dijo una voz.

¡Sí! Justo al lado de la puerta había un viejecito pequeñito, pequeñajo. ¡Si casi no se le veía!

—Pero, papá, ¿cómo te has vuelto tan chico? –dijo la tía, algo sorprendida.

—Pues es que cuando acabé de crecer empecé a encoger y... ¡ya ves! –dijo el abuelo alisándose el pelo–. ¿Y tú cómo sigues tan alta y tan guapa?

—Porque tomo vitaminas –dijo la tía.

—Sí, a mí también me las mandó el doctor, pero hacían daño al estómago, y las tiré por el patio.

A Marabato y a su tía les entró la risa.

—Además, desde que soy pequeño como mucho menos, con un zapato tengo para todo un año. Así que casi ni trabajo.

—Eso está bien –dijo la tía, y besó a su padre en la mejilla–. Este es tu nieto, hijo de tu hija Lindija –agregó luego, señalando a Marabato.

El abuelo y Marabato no se conocían, pero se habían caído simpáticos a primera vista.

Ahora el abuelo miró a Marabato, y Marabato sintió calor, porque esa mirada estaba llena de amor. Fue como si le envolviera una manta suave y blanda. ¡Aquella era una mirada mágica!

—Marabatito –dijo el abuelo.

—Abuelito –dijo Marabato.

Y se tiró al suelo para abrazar a su abuelo. La tía se secó una lágrima ante esa escena tan tierna.

Luego pasaron al salón. El abuelo trepó por el aparador y, del último estante, sacó dos zapatos, que un vecino le había regalado el día de su cumpleaños.

—Tomadlo vosotros; como os he dicho, yo como muy poco.

—Bueno, eso tiene sus ventajas –dijo

la tía–. Es una lata lo de quitar zapatos, sobre todo a algunas damas emperifolladas, ¡que no se dejan las condenadas!

—Sí –dijo el abuelo–. Yo por lo único que siento ser pequeño es porque el portero, cuando tomo el ascensor para subir a mi escalón, en vez de diez piedras pone diez chinas en la cesta de arriba y, al final, ya ni chilla eso de «¡Cesta va!».

La tía se puso seria. Eso sí que era una pena.

—Pero ¿sabéis un día dónde fueron a caer las chinas? –preguntó el abuelo–. Pues dentro del escote de una de esas damas emperifolladas. Y como nadie, ni ella misma, se atrevía a meter la mano por el escote, las chinas estuvieron ahí todo el día.

A la tía ahora se le puso cara de guasa. Ella y Marabato rieron. ¡Eso sí que había estado bueno!

Luego, cuando terminaron con los zapatos, salieron a ver el pueblo.

Vieron la laguna de rayos de luna, con sus cien islas y sus mil puentes.

Después, el abuelo les enseñó el gran surtidor de rayos de sol, tan luminoso y brillante. Tan hermoso y radiante.

Marabato estaba admirado.

Por último dieron un paseo por la calle blanca, toda encalada, y por la avenida azul, toda pintada. Desembocaron en la plaza verde. Luego, por un callejón rosa pálido, llegaron al mar de las cosas buenas. Y cada una de sus olas lanzaba mensajes de paz y bienestar. De espuma y de murmullos de agua. Era un mensaje que trituraba los problemas y dejaba el alma rociada de gotas de agua salada.

—¡Qué preciosidad! ¡Qué preciosidad! –decía Marabato, entusiasmado.

Oscurecía.

—Nos tenemos que ir ya –dijo la tía.

—Pero puedes volver cuando quieras –dijo el abuelo.

—Y quedarte a pasar unos días –le sugirió la tía.

—¡Sí! –dijo Marabato muy animado–. Volveré por Pentecostés.

Después de besar al abuelo, la tía y Marabato salieron del pueblo y... ¡Bueno, fuera seguía lloviendo!

13 La casa de las mil camas

A Marabato un día le dijo su tía:

—Esta primavera me voy a hacer una casa nueva, pues a la que tengo, como es vieja, le están saliendo goteras.

Y así fue: ese año, mientras los demás blanqueaban y sudaban, friega que friega para hacer la limpieza de primavera, la tía se construyó una casa nueva.

Eligió para ello un terreno que era una roca montañosa; o quizá fuera una montaña rocosa, no sé muy bien cómo sería la cosa. El caso (no la cosa) es que la montaña (o la roca) tenía muchas mesetas (que no son mesas). Estas eran más bien plataformas (aunque ninguna de plátano tenía la forma). Espero que lo hayáis comprendido perfectamente; si no, preguntadle a algún pariente.

—Entonces, el suelo va a ser de roca –preguntó Marabato, ilusionado.

—Bueno, no sé. A lo mejor le pongo parqué –dijo la tía.

—¿Y el techo? ¿Y las paredes? ¿De qué van a ser?

—Pues hay casas de papel –dijo la tía–. Son preciosas, pero si llueve te mojas. Las de corteza de árbol dan mejor resultado, pero la mía va a ser ¡de plumas de pato!

—Pero ¿de dónde las vas a sacar?

—Ja, ja, ja –rió la tía–. Las tengo ya.

Y era verdad. Hacía años que la tía iba al estanque a vigilar a los patos y todas las plumas que se les caían las metía en un saco. Así había conseguido un almohadón, un edredón y un colchón (de plumas de pato, claro). También tuvo un sombrero, que era muy bello, con una pluma toda de color de luna, menos la punta, que tenía el color del sol. Pero el sombrero se voló.

—Y todavía tengo sacos y sacos con plumas de pato –aseguró la tía–. Porque ¿te has fijado en los patos? Aunque haga frío, meten la cabeza en las acequias, se salpican todo el cuerpo, y el agua no les cala, les resbala. En verano, en invierno, siempre van con sus plumas al viento. Nadan en los estanques y se quedan tan campantes. No tienen frío ni calor; las plumas son lo mejor para meterse dentro.

—¿Y cómo las vas a pegar?
—Eso se verá.

La tía se fue al parque, de muy buen talante, e intentó ver cómo los patos tenían pegadas las plumas a sus cuerpos flacos. Pero los patos no la dejaron. Uno le picó en la nariz, otro la tiró de las orejas. Por último todos la persiguieron con los picos abiertos, haciendo *cua, cua, cua* de un modo tan fiero, que hasta los guardas corrieron. La tía se fue a su casa toda acalorada. Pero...

—Ya sé –dijo de repente, otra vez animada–. Este problema me lo soluciona la silicona. La silicona todo lo pega, y ni cala ni gotea.

Así que, todas las mañanas, de nueve a una, la tía pegaba plumas y más plumas. También las pegaba por las tardes, hasta que se hacía bien tarde. Cuando tuvo muchos metros cuadrados de plumas de pato pegadas con silicona, las sujetó por dentro con columnas de hierro, las reforzó con *reforcín* Pachín y cubrió con ellas la roca montañosa (¿o sería la montaña rocosa?). Luego, con unas tijeras, abrió ventanas y puertas. ¡Vaya casa maja! Cada meseta era una habitación, y la roca misma formaba escaleras y pasillos para ir de una a otra.

Marabato ayudó a su tía a llevar las cosas de la casa vieja a la otra. Y también compraron e hicieron muebles nuevos.

Lo primero que pusieron fue la cocina, con fogón autolimpiable y una pila con agua corriente, pues era agua que corría por la roca.

—Y, para aprovechar la que sobre, tendremos que hacer debajo el cuarto de baño –dijo la tía.

—Y, para aprovechar la que sobre del baño, tendremos que hacer un depósito debajo.

—¡Eso! –dijo la tía–. Y, así, en verano tendremos piscina.

Luego, contempló la cocina.

—¿Tú crees que en ese rinconcito cabrían dos camas para los tíos de Australia?

—¡Pero si viven muy lejos!

—¿Y quién te ha dicho a ti que algún día no quieran venir?

Marabato se calló y su tía colocó dos camas: una mirando a la ventana y otra al fogón, porque, si no, no cabían.

—Y, total, ¿qué más da? –dijo la tía–, si, cuando estén tumbados los dos, van a mirar hacia arriba.

El salón quedó precioso con los viejos butacones rojos.

—Y habrá que poner un sofá cama, por si acaso me pongo mala. Así, por las noches puedo dormir en mi cama, y por el día seguir durmiendo en el sofá cama.

—Es una buena idea –dijo Marabato.

—¿Y en ese rinconcito no cabrá una cama para don Benito?

—¿El que viene a verte los martes por la tarde?

—Sí, para él, por si alguna vez no quiere marcharse.

Marabato no dijo nada, y la tía colocó una cama. Y, como en el rinconcito sobró otro rinconcito, colocó una cuna.

—A lo mejor algún día duerme aquí alguna niña –explicó la tía con alegría.

Salieron del salón, y a la derecha había una pequeña meseta.

«¿Será otra sala?», se preguntó Marabato.

Pero ¡qué va! La tía la llenó de camas.

—Por si se hace de noche, o hay niebla y la gente no sabe llegar a su casa –aclaró la tía.

En el comedor quedó libre otro rincón. La tía se alegró.

—Pondré una cama para el alcalde.

—¡Pero si tiene su casa con su cama!

—¿Y quién te ha dicho a ti que siempre va a querer ir allí?

En la biblioteca sobraron cinco rincones. La tía se alegró horrores. Sobre todo porque uno de ellos era muy grande.

—En ese, bien colocadas, por lo menos caben siete camas –dijo entusiasmada–. Una de frente, tres de costado y tres de medio lado. En ese otro rincón, y en el de más allá, caben dos camas nada más, y en los otros dos pequeños que quedan..., ¡bueno!, pondremos literas.

Marabato ya no decía nada.

«A lo mejor son para viajeros, peregrinos y gente así», pensó.

En esto la tía dio un grito:

—¡Se nos ha olvidado una cama para ti!

—¡Pero si vivo al lado!

—Pero puedes ponerte malo, y enton-

ces es mejor que duermas aquí, para poder velar por ti.

La tía, muy preocupada, empezó a recorrer la casa.

—En último caso, si no hay ningún rincón, quitaremos la mesa del comedor y pondremos una cama para ti, sobrino mío querido.

—Y no podría usar una de las camas de...

La tía no le dejó acabar.

—¡Ya está! –dijo señalando un gran rincón que había en el pasillo, entre la cocina y el salón–. ¡Qué despiste tan grande no haberlo visto antes! ¡Ahí cabe una cama, un armario, una mesilla y otra cama para otro día! –dijo la tía.

Y con este punto final la casa quedó amueblada.

La tía lo celebró. Dio una fiesta muy grande en un prado colindante. Luego todos los invitados se quedaron a dormir. La casa y las camas fueron estrenadas.

La tía vivió allí muy contenta, y todo el que quería allí dormía. Camas no faltaban, ¡la tía estaba encantada!

14 Transporte musical

Vamos a tener que decir adiós a Marabato, y es que es tan romántico que como coja la senda de la fantasía no hay quien le siga.

Marabato se embelesa, se transpone, y se marcha por caminos invisibles por los que es imposible seguirle.

Bueno, veréis lo que pasó un día:

La lluvia caía recia. Marabato la miraba a través de la ventana.

Unas gotas tintineaban en el cristal, otras bailaban en el viento, y otras llegaban al suelo y hacían *plaf*.

Marabato estaba contento y, en esto, sin dudarlo un momento, salió a la calle a bailar con el aire.

Pero, como se mojaba, entró otra vez en su casa a mirar por la ventana.

Las gotas eran transparentes, brillantes, muy gordas.

—¡Qué bonito! ¡Qué bonito! –decía Marabato, entusiasmado.

Y entonces se le ocurrió pintarlas, o sea, hacer un cuadro, para que todo quedara grabado.

¡Cuadros! ¡Momentos eternos enmarcados!

Marabato tenía varios.

Uno era de su tía. Resultó que ella se había pasado tres días cosiendo para hacerse un sombrero. Pero, cuando por fin se lo puso, y salió con él de paseo, llegó el viento y, sin que la tía se diera cuenta, se lo llevó lejos. ¿Marabato pintó a su tía ese día con el sombrero? ¡Qué va! ¡No, no! La pintó con la cara de asombro que puso cuando se miró al espejo y vio que no tenía puesto el sombrero. No es que Marabato fuera malo, es que esa cara tenía mucha gracia y, si no la pintaba, desaparecería. Seguro que la tía no la pondría más en su vida.

En otra ocasión, Marabato pintó un sol. Esta vez resultó que se asomó a la ventana y... ¡oh, maravilla! ¡El sol lucía! A Marabato le gustó tanto que le hizo un cuadro.

Y ese día que llovía, Marabato decidió pintar el agua que caía, y el aire que vibraba entre las gotas, y la melancolía que todo lo envolvía. ¡Qué difícil!

El cuadro resultó precioso. Marabato estaba orgulloso.

Al poco rato dejó de llover, pero el viento seguía soplando, tocando maracas entre las ramas. Su música se colaba por la ventana, Marabato escuchaba. Poco a poco la música llenó la habitación. Marabato se entusiasmó. ¡Cómo le gustó! Y es que estaba sonando música de la mejor. Había violines, pianos. ¡Era fantástico! Era una música mágica. Bueno, en realidad todas las músicas tienen algo de magia.

¿Sabéis lo que es música? Pues música es una reunión de pequeños sonidos, o "notas", como dicen los entendidos.

Las notas bailan, saltan, brincan y se revuelcan. ¡Menuda fiesta!

Música es un surtidor de notas que suben montañas de aire y luego las bajan en cascada.

Música es ríos de sonidos que forman remolinos, que serpentean y nos llevan en barcas con alas.

Y, montado en una de esas barcas, Marabato sale de estas páginas.

15 *¡Adiós, Marabato!*

¿Adónde ha ido Marabato? ¿Dónde está ahora? ¿En qué se convierten los personajes de los cuentos cuando los cuentos se acaban?

¿Serán esas minúsculas partículas de polvo que flotan en el aire y que solo se ven cuando el sol las ilumina? Te lo diré. No, ellos no son polvo, aunque flotan y revolotean por todas partes; y lo que los ilumina no es el sol, sino tú cuando piensas en ellos.

Pero lo mejor es que si abres el libro

siempre los encontrarás allí, dispuestos a volver a empezar.

Y es que Marabato y sus compañeros de todos los cuentos pueden viajar hacia atrás en el tiempo.

Pero, a todo esto: me parece que he hablado y hablado y todavía no os he dicho qué es Marabato.

Lo tenía que haber dicho al principio. Espero que no creáis que es un bicho.

Bueno, como al principio no lo he dicho, lo diré al final, que tampoco está mal.

Marabato es como un perro con manos, solo que no tiene rabo, y de cara, ¡vamos!, es que no se les parece nada. Su cuerpo también es diferente. Ahora, todo lo demás es igual.

Claro que también se parece mucho a un moniboche, pero sin bigote. En cambio, Marabato tiene tres dientes que el moniboche no tiene.

Pero, sobre todo, Marabato se caracteriza porque le gustan los zapatos.

¡¡¡Espero que lo tengáis claro y que no os creáis que es un gato!!!

Índice

1. Marabato, sus parientes y sus amigos. ... 5
2. El viento 11
3. La partida 17
4. El Presirracho del Parlamonte 21
5. El primer día de Año Viejo 31
6. ¡Atchús! 37
7. Carnavales 45
8. La escuela 53
9. Peladillas 59
10. Vamos a contar mentiras 67
11. Amistad 81
12. El pueblo 91
13. La casa de las mil camas 103
14. Transporte musical 115
15. ¡Adiós, Marabato! 121

Si te ha gustado este libro, también te gustarán:

Los batautos, de Consuelo Armijo

El Barco de Vapor (Serie Azul), núm. 91

«Los batautos son unos seres verdes, con orejas al principio de la cabeza y pies al final del cuerpo. Es posible que haya batautos en el planeta Marte, o en Júpiter, o quizá debajo de vuestra cama».

Más batautos, de Consuelo Armijo

El Barco de Vapor (Serie Azul), núm. 99

Los batautos, esos seres verdes con orejas al principio de la cabeza y pies al final del cuerpo, siguen haciendo de las suyas; lo mismo construyen una casa con orejas en vez de chimeneas que inventan un reloj que tiene arriba las horas del día y abajo las horas de la noche...

Los batautos hacen batautadas, de Consuelo Armijo

El Barco de Vapor (Serie Azul), núm. 114

Peluso decidió dar el paseo más largo que ningún batauto hubiera dado en su vida. Pero no llegó muy lejos; se olvidó de desayunar, se olvidó de ponerse los zapatos, se olvidó de vestirse...